Yoriko Nakamura

中村ヨリ子歌集

徳不孤

Toku-wa-ko-narazu

現代短歌社

目次

I　壺にある水

Ⅲ　烏羽玉

徳不孤
とくはこならず

Ⅰ

壺にある水

黄鐘調

夫を待ちうたた寝すれば息子来て毛布掛けゆく白露の宵に

後《のち》の月出でてようやく南島も秋の気配を運ぶ風吹く

妙心寺東林院に宿りして黄鐘調《おうしきちょう》の鐘の音を聴く

鐘楼の下に立ち聴く鐘の音は五臓六腑に染みて響けり

たっぷりの紅葉踏む秋久しぶり北野天満宮の御土居《おどい》に

こんなにも秋は落ち葉が降るように散るのだったかつくづくと見つ

砂の上のウェディングドレスの裾長くポーズ美し上賀茂神社

立砂《たてずな》と相似形なすウェディングドレスの裾に目を奪われぬ

水脈を引く小舟のように空高く飛ぶ飛行機は何処を目指す

梯梧

隣家の苦情に伐ると決心の梯梧は最後の花をつけたり

梯梧伐りこの寂しさは何ならんともに過ぎ来し歳月の嵩

獅子頭あるいは漆器の食籠《じきろう》か伐採したる梯梧の行く末

新しき役割与えらるること喜びとせん　梯梧見送る

夕暮れに鳥帰り来て宿問わば如何に答えんこの空間を

ばっさりと梯梧二本を伐り倒し隣の勝手まる見えとなる

茶室拭き上ぐ

稽古日の近づくきょうは屋敷地の千草百草ためらわず刈る

喜びも苦しみもまた姑に給いしものと茶室拭き上ぐ

水を打ち待てば入り来る子どもらは「ここだけ雨が降ったの」と聞く

草を引き木を伐り介護もこなし来て皺深き手は節々太し

亡き人のはからいのごと隣り合う人と語れば縁深き人

喪の家を辞して帰りの道すがらことば少なに夫の手握る

没りつ陽に影絵のごとく残されしアダンと人と小舟と犬と

またひとりおしんのわれを知る人の逝きてさびしえ立冬も過ぐ

猪苗代兼載

通学の乗降駅は無人駅ひとりも降りずひとりも乗らず

兼載の没後五百年その母の加和里の墓も再建さるる

そのむかし加和里御前は醜女《しこめ》にて声をかけ来る青年おらずと

梅の精加和里御前の身に宿り兼載生《あ》れしと伝説残る

梅の木は今も残りて「幹の梅」と地名親しき実家の東

沖縄の二月には咲くねじ花がふるさと会津は八月に咲く

民芸調仙台箪笥の抽斗しゅ浴衣取り出すふるさとの盆

大銀杏

地震より四日目の朝ようやくに通じし電話に何も話せず

原発を受け入れし町の美しさ言いし人あり　いまも同じか

帰省して半世紀前の通学路記憶をたどりゆっくり歩く

土手崩れ家壊るるも五月にはうぐいす笹鳴くふるさと会津

何代か前の祖先が植えしとう大銀杏立つ観音堂に

ヒロシマとフクシマのシマ、ナガサキの縁起でもないサキが気になる
ナガサキに続くを危惧すオマエザキ、カシワザキとう原発ある地を

封印

カウンセリング受けて涙腺掃除され身に水流のあるを知りたり

封印を解かれ出でくる思い出よ再び会いたくなかりしものを

自らに演じていると言い聞かせ泣くこと禁止の嫁なりし日々

「ほんとうのわたしは違う」今はただ演じていると耐えて過ぎ来つ

良き嫁を演じ通しし罰として息子の苦しみ今知らさるる

姑のはげしきいじめ見つめ来し息子はわれの遁走思《も》いしと

弟の置き去りにさるる不安聞き姉は黙して頬を濡らしぬ

矢野先生の力を借りて少しずつ心ほどけて春の風受く

目の子算

梅雨明けは緋寒桜に聞くがよし予報士よりも空を見ている

目の子算できないほどにさくらの葉散れば梅雨明け沖縄の地は

栗花落《つゆり》とう漢字とともに思い出す栗の花咲くふるさとの梅雨

「どこ行くの」ほんとはどうでもよいことを人は訊くなり挨拶として

ある時は贖罪としてある時は健康のためとごみ拾い行く

ごみ拾いしつつ楽しむ会う人の反応それぞれ一様ならず

責めおりし時には数までかぞえたり銀行前のたばこの吸殻

選挙戦済んで十日の道端に市長の顔も拾い行くなり

ごみ拾いしつつ歩けばいとけなき子に褒められぬ朝の街にて

家紋

僭越なことではあるがひとりして釜を掛けよと花城先生

初めての席主の茶会近づくに寝《い》ね際まずは挨拶考う

初節句の祝の幟半分に切りて茶席の結界となす

父母が孫のためにと送り来し幟は両家の家紋染め抜く

掛物の松の一字に一本松思い浮かべて涙する客

松島の蒔絵の棗、笠の菓子芭蕉のようにみちのく訪いませ

香かおる茶席に入りてひさびさにお茶に招《よ》ばれた心地するとう

わが茶席両家の御祖《みおや》に守られて五百人越す客をもてなす

痛かりし膝もなんとか持ちこたえ六時間余の茶会終わりぬ

二畳台目

三軒の花屋をたずね見つけたる花は嵯峨菊これで良しとす

釈迦谷の茶室披《びら》きの花として火事につながる赤を避けたり

古の茶人とともに居るような気分にひたる二畳台目に

ほのかなる光の中にあたたかし二畳台目の炉を囲む宵

京都より拾い帰りし銀杏を炉開きの膳に加えもてなす

そのかみは囲炉裏に焙りし銀杏を電子レンジに一分チンす

若かりし母が生家に拾いしは翡翠のごとき銀杏なりき

香港

油麻地《ヤオマティ》の駅にて道を訊かれたり観光客には見えざるらしく

怒鳴ってるように聞こえる広東語娘《こ》も大声で何やらしゃべる

来るたびにフロア上へと拡張し清潔感の増せる『金山』

今はもうフロアに食べ滓落ちてない三年ぶりの海鮮料理屋

箸、茶碗をお茶にて洗う習慣の今も残れる佐敦《ジョーダン》の店

鉛筆でテーブルクロスに注文を直接書きしことも見て来ぬ

手洗いに行くと見せかけ香港の友人フランシス支払い済ます

香港ゆ帰る機上に見る島は基地、建物と平たく続く

うすぎぬのヴェールのような雲被き機は降下する夏の日盛り

那覇空港に着けば日常もどり来てあなたの時間わたしの時間

山菜おこわ

姑をよく知る人に出会いたりことばはなくて強く抱かるる

「ありがとう」「ごめんなさい」の言葉なしおそらく誰も聞きし人なし

明日言おう明日は言おうと思ううち声失いし義母かもしれぬ

ユタの口借りて舅は初めての「ありがとう」伝え来　命終の時に

生前の舅姑おいしいと初めて褒めしは山菜おこわ

「これ食べて、おいしくないから」と言いし義母これ見る度に思い出すなり

晩酌にノンアルコール飲む夫は酒豪の父の血が騒ぐらし

旧姓でわれ呼ぶ夫に亡き母はいつまでそうかと聞きし時あり

四十年経ちてようやくわが名呼ぶあなたのことを母は知らない

三十度越す日々なれど秋の花たっぷり入れて涼を呼び込む

『戦世の証言』

沖縄の家宝は三線《さんしん》武具でなし争い厭う平和なる島

テレビにて『戦世《いくさゆ》の証言』語るのは毎朝あいさつ交わすおばさん

戦場のサイパン島に肉親を失いしとう話は辛し

泣き声を責められわが子を殺めたる兄嫁が逝き語りはじめしと

戦争に指失いし静子さん今まで知らず十余年知らず

顔覆う手を砲弾がかすめ行き小指の半分失いしとう

爪のない小指の右手そっと出し多く語らず手を開くのみ

今はもう加齢の皺と見分け得ず喜屋武さんの顔の戦争の傷

戦世《いくさゆ》にわが子殺めし母二人を身近に知りぬ　沖縄暮らしに

母屋にて百ペソ紙幣見つけたり小さき文字は「日本」と読める

戦時下のものであるらし百ペソの紙幣の旅に思いめぐらす

ルーペ持てよくよく見れば「大日本帝國政府」とあるペソ紙幣

九夏三伏

帰化植物ツボミオオバコ在来種を凌駕してゆく沖縄の地に

オスプレイ飛び交う下に草を刈る電動草刈機うならせながら

降る降らぬ気にかけつつも降らざれば降るまでするると決めて草刈る

飛ぶはずのなき時間帯にオスプレイ飛ぶ日の続き眠られぬ夜

ゴールデンシャワーの花が揺れている瓔珞風に鳴るかのごとし

咲く花や鳴く虫の音の違いにも五感は気付く歌詠みしより

さまざまな果物の味知りたるは沖縄に住む賜物として

沖縄は九夏三伏その前に若夏がありその後白《さ》夏《なつ》

ガイドブックに付箋をつけてしたいこと行きたい所を示す九歳

乗るという孫のおらねば一生を知らぬままなるシーカヤックも

「ママの分がまんできずにたべちゃったたべちゃってからかなしかったよ」

炭熾し香も薫きたる茶室にて満足気なる五歳、九歳

幼らの遊びしあとの名残なるやしの実十個陽だまりの中

こなから徳利

四半世紀わが家と茶室の廂間《ひあわい》に熟寝《うまい》している甕のあわもり

作陶展の後片付けを手伝いし息子にこなから徳利届く

飲まぬ子のこなから徳利貰い受け花入れとして茶室に置きぬ

わかば風入れて初風炉《しょぶろ》の準備せん灰匙軽く二文字《にもんじ》を切る

こちらから名乗らぬものを義母の名のもとに礼受く茶道具商に

廻り来し茶碗の手触りたしかなり皮膚の感覚信ずるがよし

三百年大事に使われ残りたる茶碗はどんな会話を聞きしや

使う者おらねば朽ちてゆくだけの姑買いし着物や道具

わが身にはふさわしからぬと惑いつつ姑買いし贅沢纏う

欲しかりし附下げひとつひそと咲く木通《あけび》の花の描かれし着物

庭にある烏羽玉も見て帰るよう告げて葉月の稽古終えたり

語るべき

語るべき何もなくなる日のことを恐れておりき出会いの頃は

病院のベッドで指を折りながら短歌詠むらし夫癒ゆらし

書いたもの全てが歌になるなんて思ってないでしょうね　あなた

病むまではデートのようなプールでも病めばリハビリ、介護のような

語るべき何もなくとも間の持てる二人となりしはいつよりのこと

古稀過ぎて二日目の朝愛車には高齢者マーク貼られていたり

母逝きし齢を過ぎて難聴という母の知らざる境涯に入る

目の中に孑孑一匹すまわせて眼科に行けば飛蚊症とか

末の子は韋編三絶ひとり住む母屋にたまる本の嵩はや

何もせぬこんな一日いいかもと許していつしかこんな日ばかり

鬼餅

オスプレイ不時着という墜落のありて普天間上空静か

滑走路延長線上のわが家にていつ何時に何があっても

草を刈り木を伐ることも虫熟《むしこな》し体使えばすっきりとして

初生りの赤きピタヤを半分に夫と分け合う寒露の朝《あした》

きょうまだか明日は咲くやと見るさくらなかなか沸かぬお湯のようなり

ふるさとの会津はきょうも吹雪くとう庭に二本のもじずりが咲く

原発を逃れて来たるふるさとの人らと出会う県人会に

放射能汚染もひとつの口実に別居の続く家族あるとか

沖縄に育ちし子らは月桃の香り気にせず鬼餅《ムーチー》が好き

それなりの寒さ楽しむ大炉の間話のはずみ四時間が過ぐ

たびらこ

草刈りをすれば必ず来る鳥の磯鶫がきょうも来ている

庭仕事の楽しみ知らず逝きし義母しあわせひとつ見落としゆくや

岩田正も一兵卒でありしこと幹部生拒否の父に伝えたし

幾そ度慫慂さるるも幹部生拒否せし父の生き方是とす

手を合わす仏壇に置く義母の日記ストレスの嵩日ごとに溜めて

死ぬ前に道具の全てを売りたしと書かれたる日記はやく捨つべし

道具みな売らるることなく残されてわれの暮らしの助けとなりぬ

妻先に逝かしめし人の歌ばかり目につく時に癌告知受く

癌告知受けて帰りし庭先にたびらこ数多風に揺れおり

手術日は「出張だよ」という夫に息子とふたり笑ってしまう

ふつうとは少し違えるこの人を守ると決めし半世紀まえ

壺にある水

ステージ0腫瘍マーカー正常であっても全摘せよと言わるる

癌告知受けしわれより夫や子の思いを如何に推し量るべき

母が逝き父が逝きたる後のことわれを気遣う二人はいない

何事も人の所為にはしないという生き方貫く　手術を決める

遺影にと写真準備し遺言も走り書きせし手術前日

「出張と言ってたご主人お見舞いに見えましたか」と看護師の問う

命とう壺にある水その量は分からぬけれど大事に使う

蔵王なる山のお釜のようにして窪みの深き右の乳房

傷口がときどき何かを思い出すように痛みぬそっと触れやる

今にして思えばすべて笑いぐさ遺影も遺書も出番のなくて

新しい湾岸道路は傷口にひびくことなく身体にやさし

懇ろにお祓いをしてお焚き上げいたしましたと諏訪神社より

一本にただ一度だけ実をつけて果つるバナナを朝あさに見つ

Ⅱ

「徳不孤《とくはこならず》」

昔話

二人して寝坊し夫が一便に乗り遅れしをわれが直ぐ詫ぶ

直ぐ詫ぶる家の家族は仲良しと祖父は語りき昔話に

小半時過ぎたる頃に「悪いのは僕だよ」という声の聞こえ来

玄関に義母の脱ぎたるパンプスが乱雑なればわれ叱られき

ほんとうの姉ではあるがあまりにもきつくて佐世保に戻ったと義叔父

労いのことば最も的確でありしは義母の弟の義叔父

絹のドレス

嫁のため娘のわれよりよき品を選びし母と人伝に聞く

娘より嫁を大事にする母を好きと思える自分がうれし

小学校の入学式に振袖と袴はわれとテルちゃんなりき

紀和君《のりかず》ひとりに掃除当番をさせる意見に反対したっけ

多数決の民主主義には思いやりないこともあると気づきし十歳

学芸会ダブルキャストの子のドレス晒し木綿でわたしはシルク

われ纏う絹のドレスの気まずさよ人間国宝の形見着るとき

月の輪とう椿を買いぬふるさとのわが小学校と同じ名前の

うりずんの庭

右折車の七割若葉マークなり四月の朝の大学通り

うりずんの青空高く伸びて行く飛行機雲の無音の白線

自生する朝顔、百合とグラジオラスうりずんの庭賑やかな朝

そここに芽を出し増えて六十本今年の庭の鉄砲百合は

朝寝坊ムラサキカタバミ昼ひらくゆっくり歩む人生もある

夕《ユウ》化粧《ゲショウ》朝よりひらきカタバミは十時過ぎ咲き菊アザミ午後

午後三時ようやくひらく菊アザミ熟慮の末の決行に似て

東京の家

せめてもの罪滅ぼしと思うのか茶会、歌会へ行けという夫

いつまでか分からぬけれど行ける時行っておけとう夫に従う

上京し初めて住みし初台を高速バスにて過ぎて行くなり

もう住まぬ家ではあるが畑ありトマト植えられ花二つ三つ

いつ来ても善き隣人に守られて東京の家草ひとつなし

わかば風家に通してやるために窓開けひとりまどろんでおり

癌を病みすでに逝きたる友住みしひばりが丘を通り過ぎたり

今はもう音信不通の友なれど清瀬引揚者住宅に住みき

東京に来れば必ず訪う施設《ホーム》あと幾たびと思いつつ行く

二つの宝

人前に十年ぶりでする点前無心がよろしとお褒めいただく

手も足も衰え点前なめらかにできぬ齢に無心を給う

完璧な点前しようと思いたる時もありにき若かりし日は

ゆらりゆらり釣り釜ゆらり春の来て正座の足がもぞもぞ動く

灰篩い炉の始末など子に見せて終活はじめん　平成終わる

息子にも初風炉《しょぶろ》の準備見せたくて茶室に誘う立夏の朝《あした》

茶も歌も耐えて続けて今あると思うこの頃感慨深し

短歌なら取り上げらるることもなし作歌三十年の陰には義母が

「お茶があってよかったなあ」と父言いき庭園灯の掃除しながら

平成が終わり昭和もとおくなりわれに令和の幾年ありや

お茶と歌どちらが好きか問われたり逃げ出さず得し二つの宝

一陣の風

沖縄忌　野の朝顔のひとつ咲く映画『対馬丸』に鮮やかなりき

空蟬の二つ三つある庭を掃く数増すごとに夏の近づく

羽一枚短く生まれ飛び立てぬ蟬を静かに木陰に移す

一陣の風の涼しさ心地よし大暑の朝の庭の草刈り

大空に投網を打ったような雲黍魚子《スルルグァー》となりしばらく見上ぐ

広く深く文化に触るる日常を給う暮らしに感謝の清掃

背負籠《しょいかご》の花に水滴止まらせ客を迎える心あらわす

水を打ち香を燻らせ客を待つ時間は至福　帛紗をつけて

茶室とう非日常の空間に日常ならざる時間楽しむ

かの人

日曜の夜の救急外来に付添い安堵を得るまで四時間

御《み》祖《おや》から守られおるや次々の夫の病の大事に至らず

体調の思わしくない義父残し京都に行きし義母思い出す

子を入院させて家路を急ぐ時あおり運転されしかの日よ

われの手に波瀾万丈の相ありと手相見趣味の部活の先生

わがまえにあなたを「あなた」と呼ぶ人を秘書に迎えし姑なりき

口惜しさをバネにせよとの励ましか義母は点前をかの人にさせ

苦しみはわれのみでなくかの人も出て行くわれを四年は待ちて

辛かりし出来事なれど毒もまた薬になると経験を積む

火箸風鈴

天気予報気にしながらも空を見て湿し灰作る機会窺う

遠慮せず炭の手前もできるよう湿し灰拡ぐたっぷり作る

菊炭を稽古に使うは贅沢と切り口見せて仕舞い置きたり

明珍の火箸風鈴涼やかに鳴りて暑さの少しやわらぐ

軒下に風鈴鳴るまで待つことも豊かな時間たまゆらなれど

明珍の風鈴チリとも鳴らぬ昼処暑とはいえど汗にまみるる

流れ来る汗心地よし枝打ちも草刈りもまだできるこの身に

蔵の中

郡山の叔母のメールは屋根までも水没したと　何為すべきか

おそらくは着の身着のまま避難して着替えひとつもないだろう叔母

こちらから言うことばではないだろう「命があってよかったね」とは

甥夫婦本家としての自覚持ち目配り気配りよく気が付くと

水没の叔母の家見て帰りたる甥はほんとに要るのはわずかと

時代劇の捕物帖に見るような錠前の蔵令和の今も

蔵の中処分をしてもいいかと言う甥に同意す　惣領として

そのかみは富の象徴なりし蔵いまや疎まれ壊す人多しと

蔵にあるものは冠婚葬祭の度に使いし調度の類
本家ゆえ数をそろえて貸し出して失せれば補充怠らざりき

夫の長所

けさは鍵《キー》いつかはバッグ、航空券《チケット》の時もありにし夫の忘れ物

愛情か諦めなのか分からぬが腹も立たざり那覇への三往復

言わずとも分かることなら言うまいと心に決めしは何時よりのこと

やさしさの表し方を知らぬ夫「そうだね」というひと言が欲し

わが夫の最も親しき友なりき義母との暮らしを危惧してくれしは

「何度でも前に言ったと言わないで教えなさいよ」と夫の助言は

夫の長所を百挙げようと書き出して六十九で終わりしノート

ガスの火を消すさえできぬ夫なるも社長としては評価をします

道屯織

産業祭に買いし道屯織《ロートンおり》の帯見せれば地味と取り上げられて

わが買いし帯取り上げる義母見つつ義父ひと言も口を挟まず

二十年を疾うに過ぎても叱らるる夢を見る人われの他にも

叱らるるわれを見かねて助け舟出してくれたる人また逝きぬ

茶道《ちゃ》に短歌《うた》に支えられ来ぬ今はもう激しかりにし台風も過ぐ

この茶室義母には七年われ更に二十一年徳とするなり

姑の功績われを残したることと言われし花城先生

断ち切る人

姑の人格障害本に知り初めて納得ゆきし言動

『平気でうそをつく人たち』M・スコット・ペック著

必ずやいるとう人格障害の人との暮らし知らずに詠みし

病気とは分からずただただ怖かった記憶は今も鮮明にして

残されし日記をめくり矢野先生人格障害と即座に指摘

わが家のみ生年祝《せいねんいわい》の案内状なき訳質《ただ》して来いという義母

従わねばならぬと思う心こそわれ苦しめし元凶と知る

あの時は何も浮かばず過ぎ来しを虚仮《こけ》の後思案《あとじあん》二十年経て

命令に怯えず義母は何度目で諦むるかを観ればよかった

世代間の連鎖を断ち切る人として選ばれたるはわれであるらし

首里城

三時半起床しラジオを付けたれば耳を疑う首里城の火事

漆塗り学びし弟子が補修にもかかわりて来し首里城が燃ゆ

消失しはじめて気付く城という心の支え大きかりしを

そこにあるただそれだけで県民に力与えし首里城なりき

鶴ヶ城再建なりて兼載の書を持参せし朝の父顕つ

兼載の直筆という『千載集』父と二人で納めに行きし

客人と幾度行きしや首里城の優待券の二枚が残る

「徳不孤《とくはこならず》」

父母も祖父母も癌でなかりしに癌を患う姉と弟

そのかみの手術の時を思い出す柘榴ぱっくり割れて赤くて

弟の手術の朝のわが庭に割れて落下の柘榴拾えり

咲き初めし緋寒桜を後にして来しふるさとは雪被く山

術後二十日癒ゆる証か弟は饒舌にしてわれを帰さず

積雪の少なき会津盆地にてひときわ白し飯豊山地は

わが部屋でありし実家の六畳間掲ぐる扁額「徳不孤《とくはこならず》」

このように生きよとわれを諭すよな「徳不孤」見つつやすみぬ

銀杏は母の生まれし百目貫《どうめき》のお地蔵さまのあの木が一番

銀杏を電子レンジに爆ぜさせて昭和の時代に届く秋思は

早朝茶会

正月の二日は夫の点前にて客をもてなすわが家の行事

気のおけぬ人らを前に点前する夫はときどき手順違えて

一年に一度の客を迎うるに夫は点前し息子は水屋

一時間かけて着物を着ましたと那覇よりの友くるりと回る

新春の早朝茶会十五回皆出席は喜瀬さん喜屋武さん

早朝の茶会に遅れ来るという一人のために炭を継ぎ足す

さくら咲く庭で野点をしましょうか誘いたくなるよな小正月なり

木の下の石のテーブルに食事会朝あり昼あり夕べにもせし

水仕手伝う

求めたる三條小鍛治四本目宗近とある包丁を研ぐ

茶事をするたびに包丁研ぎ上げて水屋ばかりで客にはならず

友人の茶室抜きも厨にて水仕手伝うように言われき

五徳外し釣り釜として炉を閉じる準備を始む　啓蟄近し

釜を釣る鎖かすかに揺れながら主客の語らい聞き入るごとし

遅れ咲き梢に残る三輪のさくらさびしげ三月の朝

カドイワシと言いし昔を思い出し急に手が伸び鰊買いたり

鰊漁にまつわる話思い出す食べる間寝る間なかりしという

樺太ゆ帰りし人が莫蓙に寝る幸せ言いき祖母との会話に

Ⅲ 烏羽玉

花柄のマスク

アレルギー性鼻炎の嚔なじられて常に持ちいしマスク役立つ

いつの日も「だいじょぶだあ」とひょうきんに励ましくるる人の逝きたり

コロナ禍の先の見えない生活に今こそ笑いが心底欲しい

母さんの手作りマスクは樟脳の匂いがすると子よりのメール

見覚えのある花柄のマスクありわれの着物がリフォームされて

世界中コロナ鬱なる日々にして庭に初めて胡蝶蘭咲く

咲き終えし鉢植えの蘭庭の木に固定し一年　花を付けたり

朝なさな抗議の人らもコロナ禍にきょうより休みの普天間基地前

友だちのために法律枉《ま》げてまで守りきる人国民守らず

「おいしくないから食べて」と言いし義母のように辺野古に言うか普天間基地を

三密

咲く花と抜かねばならぬ草があり日々庭に出て体動かす

庭があり草木のありてコロナ禍もかかわりなしに花々ひらく

庭巡りきのうと違う花探すきょう一輪の赤いガーベラ

三密を避けて開けたる窓からは爆音、やぶ蚊飛び込んでくる

コロナ禍も関係なくて爆音は開けし窓より容赦もあらず

三密の意味変わりたる令和の世辞書に②と載る日のありや

夫とわれ斜交いにして食事する子は時間差でひとりの食事

五十日遅れの制服梅雨晴れに白が眩しく弾んで見える

白き手形

草を刈り障子張り替え稽古日を待つわが暮らしコロナ禍なれど

茶室にも消毒液を準備して濃茶も薄茶も各服点てで

消毒液乾かぬ手にて触れられし茶室に白き手形の残る

やがてこの白き手形はコロナ禍の名残と語る日も来たるべし

沖縄のさくらは梅雨明け正確に知らせるごとく葉を落としゆく

散り初めし桜木のもと近づけはジジッと蟬の飛び立つ音す

鳴く声はいまだ聞かずも気配あり蟬いくつか木に止まるらし

夏至の朝ピタヤの花芽五つあり実の熟すまで日々楽しまん

黄帯枝尺

カレンダー曲がっていると気付きつつ三日直さず　こころの歪み

休めたき心と体持つ時はもやしの芽と根むしり続ける

ぶら下がる黄帯枝尺《きおびえだしゃく》落としてと箒渡せば目が回ると夫

塀の上伸びて縮んでみぎひだり黄帯枝尺動画のように

免許証返納したる夫のため会社に送る幾年ありや

雨上り満月美《は》しき早朝のバイパス二十分はふたりの時間

父母も舅姑も五十年の連れ添えざりし日々を歩めり

明けて来る東の空に浮かぶ雲きょうはマンタでゆうゆう泳ぐ

さくらの精

稽古日に合わせて帰り大震災逃れし日より十年の過ぐ

石敢當《いしがんとう》に顔の描かれし一基ありお地蔵さまに見えて手合わす

八重岳の花の便りは届くとも庭のさくらがことしは遅い

この家に初めて来た日も咲いていたはずのさくらを覚えていない

満開のさくらに目白　香合の花喰鳥《はなくいどり》のモデルのような

わが生と重ね見て来しさくらの木ことしは咲かず全く咲かず

二十数年母屋へ食事を運ぶわれさくらの精はきっと見ていし

花が咲き葉も出で心安らぐにさくらの枯れてほとほと寂し

いつの日かさくらのありしこの場所も忘れられ行く　人また同じ

五十代はじめの親の布団まで延べよと言いしは夫でありしよ

薬には湯冷まし準備するまでは予想もつくが包みから出せと

散薬はオブラート広げ包むまで要求して来し舅姑

家に居る時間短く夫がわれ庇いくれしはたったの一度

「お母さんは召使じゃない」と抗議の子それでも「おばあちゃん好きだよ」といいし

彩雲

月下美人夕べひらきし花三つ朝《あした》の風に気だるそうなり

早朝の散歩を終えて帰りたる庭にきょう咲く花がふくらむ

市役所の大小十五のシーサーもマスクされおり阿も吽もなく

家籠《ヤーグマイ》りシティボーイはビデオ観て田舎娘は土に親しむ

快調なエンジン音の草刈機青年が刈る隣の芝生

茶花にと植えし花まで抜かれぬよう庭の手入れはいつもひとりで

子はわれに「おいしくないから食べて」と言う時々義母の口まねをして

弁当を作り続けて五十年週休二日で一万三千

三割のアグー豚入りハンバーグ　内食《うちしょく》二年に成りたるレシピ

買う予定なかりしはずのミニトマト「ＪＡ会津」にわが手が伸ぶる

娘より干物届きぬ冷や汁を作る楽しみ届けられたり

顎マスクのおじい五人が車座で缶ビール飲む普天間の路地

おじいらは日陰日向とその時の気温によりて飲む場所移動す

映像の記憶はあるも初めての彩雲見たり結婚記念日

有効の期限切れたる謄本で受理され成りしこの結婚は

寿菊

雑草というには可憐な小さき花クリームイエローの寿菊は
道の辺のどこにもここにも咲いている寿菊を茶花に使う

サシグサと方言名ある栴檀草帰化してながしわれよりながし

この島にまだ日の浅き寿菊われより遅れ方言名なし

庭土に翡翠色したまるまるの螟蛉ひとつ冬至というに

青虫というには惜しきいろかたち冬至の朝の螟蛉の美《は》し

コロナ禍の自粛の中でお祝いもできぬ今年の叙勲者の夫

百本の深紅のバラを給うなり重さ確かめ皆で分け合う

美しさそれより何より花束の重さで心に残るお祝い
感動を体に覚えさせておくこんな工夫をしてみんわれも

愛の蓄え

すさまじき苛め受けしもそれ以上助けてくれし隣人多し

干されたる隣家の布団突き落とす義母の行動恐ろしかりき

執拗な苛めに耐えし過ぎ来しは会津人たる矜持が支う

父母と祖父母のことばはたっぷりとわれを支える愛の蓄え

「意地悪をされればなおさら良く尽くせ」祖母の教えは論語のようで

叱られる数をかぞえて次の日は少なくなるよう努力重ねき

自らを尽くし足りぬと責むることなきを喜ぶ尽くし尽くして

心から感謝し茶室に座るまで二十余年の星霜の過ぐ

風通し良き家なれと父言いきお茶に花見によく人が来る

今はもう嘯風弄月道の辺の花木を愛でて歩いてゆかん

わが一生《ひとよ》大河ドラマを演じたと思えばよろし誰も恨むな

駿河湾の春の便りの桜えびコロナ禍なれど四季は廻りて

七時過ぎ横断歩道の信号に音声が付きひと日始まる

祖母ふたり

開きたる本に突っ伏し眠る午後こんなひと時われにも来たか

「灸《やいと》した痕よ」と言いし母の腕ふと思い出す艾《もぐさ》という字に

豆炭の行火というがありしこと足に火傷の痕ある夫に

叱られて飛び出し道のつわぶきの蕾が拳に見えし時あり

死に光りあまりにみごとな祖母ふたり帰泉への道照らし続ける

自らの死装束を指図して冷静なりし母方の祖母

父方の祖母はあまたの襁褓縫い近所に配りおのが備えも

コロナ禍で稽古の弟子は来なくとも草刈り設《しつら》い怠らずおり

この二年おもあいに喫むこともなしコビッド19に寝室も分く

市民広場

基地囲むはずの有刺鉄線《フェンス》と思いしが島民囲む形に続く

有刺鉄線《フェンス》向こうに基地黙認の耕作地この頃は見ず　地主老いしか

宜野湾市市民広場の開門は marine corps police《海兵隊警察》がします

よく見れば市民広場は基地のなか市民駐車場これまたしかり

米軍の水筒落下地わが家よりわれの足にて千歩に満たず

落下物ありし緑ヶ丘保育園北へ歩きて九百五十歩

そこここの落下地点は散歩する範囲の中と危険度自覚す

二十本越すもじずりの咲く庭にフクシマ思う三月なれば

ふるさとを思うよすがのもじずりを四、五本残すわれの草刈り

口紅のような

行くときは何もなかりし国道に轢かれし猫が横たわりおり

国道に轢かれし猫をそっと抱くまだあたたかし　戦場《ウクライナ》おもう

恐ろしく思いし屍に慣れてきて何も感じぬ自分が怖いと

年ごとに改憲論者増す世論武器持たぬことこそが武器なり

一億が総中流とは幻か食糧配布に若きも並ぶ

海底にチンアナゴ揺れているような綿毛の飛んだたんぽぽの茎

昨夜の雨しずくとなりて月桃の花房の先きらりと光る

うずりんに鉾葉《ほこば》提琴《ていきん》桜《ざくら》咲く口紅《ルージュ》のようなつやけき色に

灰形

灰形を作り水の卦描き終え藤灰撒けば炭熾すのみ

一服の茶を点てるため灰さえも美《は》しく整え客を待つ庵

ただひとり灰形作る小半時この充実感を義母に告げたし

野の花を注意しながら歩くのは稽古日の朝茶花を求め

八匹の蟻の運べる枝尺蠖《えだしゃくとり》八匹分よりまだ大きくて

市役所の国旗も市旗も半旗なりきょう慰霊の日　蟻もつぶさず

沖縄忌の基地の国旗が気になりぬキャンプフォスター半旗にあらず

青信号点滅となり音声の消えし歩道をわれなり急ぐ

ベビーカー押すさえ怖くこの道を三人子紐で負ぶい育てき

子を負ぶう人にはひとりも会わず来ぬ沖縄の子はみんな抱かれて

烏羽玉

ほんとうのヒオウギなのかシャガなのか茂吉の歌の「射干《ひあふぎ》」のルビ

「射干《ひあふぎ》」は結実弱しと茂吉翁人工授精為したりという

ヒオウギの花咲きあまた烏羽玉の光る庭にて茂吉を思う

コロナ禍に三年ぶりの茶会なり人も時間も制限しつつ

自然までわれに味方をするように茶会の朝にヒオウギ咲《ひら》く

ヒオウギの朱色の花と黒き種子　菓子の「烏羽玉」あるわが茶席

波照間産黒糖使用の「烏羽玉」は織部《おりべ》焼の蓮に露のごとくに

取り置きし菊炭使うおそらくは最後の茶会と思い切りよく

この銘を賜いし義母は知りたるや「按分」でなく「分に安んず」と

何もかも知りたるからの銘なのか大宗匠の心眼思う

退出の客くちぐちに良い席と話す声あり　聞こえてますか

半旗

疲れたる身を休めんと座り込みもったいなくて雑巾を縫う

何もせずテレビの前に居ることが気になり針やアイロンを持つ

処暑を過ぎ物干し場にて聞く蟬はオオシマゼミに変わりておりぬ

病院の消灯時間の九時よりも遅くまで飛ぶ米軍用機

チェ・ゲバラのTシャツが行く着ている青年知るや知らずや

市役所に国旗も市旗も掲揚のなき朝《あした》なり国葬というきょう

二分する世論に応える方法か半旗どころか掲揚はなし

慰霊の日半旗にせぬが国葬の日には日の丸半旗の米基地

さっちゃんの命日今も忘れない国際反戦デーと同じで

この夏に大活躍のヒオウギの最後の花が名残をかざる

旅誘うような設《しつら》い準備して出掛けた気分に夫と一服

行き合いの時

小中高われは皆勤賞なれど孫は七年登校できずに

その間にわれは毎日はがき書きよしなしごとを綴り続けつ

コロナ禍をたったひとりでカナダへと十四歳の孫は行きたり

物干し台高くなりたる訳もなし身長縮み干すのが難儀

引き抜きし草の下より出で来たる芋虫動かず何を期するや

年深き身となり生きとし生けるものいとおしむわれとなりにけるかも

冷房を入れてひとりでくず湯飲む沖縄は今行き合いの時

鉄瓶のお湯を注いでぐるぐるとくず湯を作る祖母の手つきで

書棚の奥の

五十年経ちてようやく母庇うことの少なくなりたる夫よ

大声の「子は作るなと言ったでしょ」聞こえたるらし生まれず去りき

初めての子を逝かしめし日のことは覚えおるのか夫はうなずく

沖縄に請われて来るも歓迎のされざることにたちまち気付く

食い初めの娘の行事拒否されき幼児の食器は外孫のものと

「お母さんでなければこの人刺されてた」どこかで聞いた幾度か聞いた

おそらくはバッグに入れるを忘れたか書棚の奥の宝石鑑別書

鰐皮《クロコダイル》の大きなバッグは姑の遺言通り義妹の手に

なかも見ず抜き取りもせず渡したり穏やかな日々送らんがため

ハンカチ一枚

身ひとつに纏いきれない数々の着物も帯も弟子に与えん

忌も明けぬうちから人に腐されし姑あわれとかなしかりけり

死ぬまでに解きたき深き謎なりき義母の奇矯なあまたの言動

すさまじきいじめは病気によるものと納得したりひとつひとつを

知りたいと思う心は愛だって　わたしが一番義母を愛した

分け合える身を幸せと感謝する心となりて思い出す父

おさがりにハンカチ一枚新しきもの加えよと父の教えは

父と見た星座の話に母子家庭育ちの友は「羨ましい」と

「ろうそくの煤でガラスを黒くしておじいちゃんが日食観せてくれたよ」

百合の芽

僥倖のつぎつぎ続き今あると気付きて深謝何も望まず

コロナ禍に在宅勤務が可となりて娘夫婦のUターン叶う

Ｕターン叶い事業の継承のなりて社内のＩＴ化すすむ

経営を譲りし娘の話する夫の口ぶり信頼あつし

社長職まだ一年に満たざるも登壇の娘《こ》はそれらしく見ゆ

ラインにて届く写真の十六歳会えぬ間に乙女さびたり

冷房を利かせてラインする朝のトロントは雪夕暮れ近し

日本語を忘れぬように見せ消《け》ちのままに出したり孫への便り

わが主治医答案用紙のようにして検査結果に百点と書く

百合の芽を気遣いながら草を刈る半年先に咲く花の数

あとがき

この『徳不孤《とくはこならず》』は私の二冊目の歌集です。最初の『おもあい』のあとがきに、「不思議な縁で昔日が今日までつながっている」と書きました。

ある時、『茶道美術手帳』（淡交社）の茶道系譜の中に連歌師の猪苗代兼載（一四五二～一五一〇）の名を見つけ、室町時代には連歌とお茶は深い関係にあったことを思い出しました。

私は兼載と同じ福島県の猪苗代町《いなわしろまち》小平潟《こびらかた》で生まれました。そこは日本三大天満宮との説もある小平潟天満宮のある所です。菅原道真公が北野に祀られたのは九四七年です。小平潟天満宮の勧請はその翌年のことですから、全国に一万社以上あるという天神様の中でも、かなり古い方になるのではないかと思います。

兼載は飯尾宗祇（一四二一～一五〇二）のあとに三十八歳の若さで、北野会所奉行に任命され、連歌師として最高位まで上り詰めた人です。兼載は道真公に導かれるようにして、京都に行ったのかもしれません。

実はその兼載の研究をしていたのが父方の大叔父で、大叔父の屋敷のすぐ傍に兼載の母の加和里御前の墓があります。いつもお盆やお彼岸のお墓参りの最後は、この加和里の墓に手を合わせるのが習慣でした。

茶道も短歌も、全くするつもりはなかったのですが、兼載からご縁を戴いたのかもしれません。更に不思議なことは、他の流派ではなく、裏千家の茶道を学ぶことになったのも、やはり目に見えないご縁があったからではないでしょうか。

私の母校の旧会津女子高校には、新島八重の扁額がありました。同志社英学校を創設された新島襄亡き後、裏千家で茶道を学ばれ、茶道の普及にご尽力されたと聞いております。

不思議なご縁はこれだけにとどまらず、ポトナムの代表の中西健治先生が兼載を研究対象のひとつとしていらっしゃることを知り、ほんとうに驚きました。

この歌集には東日本大震災の直前の二〇一〇年から二〇二三年一月までの作品を収めました。

舅は生い立ちを書いた手記を、姑は私への憎しみを書いた日記を残したと前の歌集のあとがきに書きました。ことに姑の日記は私を苦しめました。「お茶を継いでね」と言いながら、残された日記には「死ぬ前に道具全部を売り払ってやりたい」とあり、私は責められているように感じられ、大きなストレスでした。

大震災の翌年の二〇一二年に家庭倫理の会大阪のTさんの紹介で矢野惣一先生のセミナーを受け、更にカウンセリングをして戴きました。何かの参考になればと、姑の日記を持参しました。ご覧になられた先生は、すぐに自己愛性人格障害ではないかと言われ、ある本を思い出しました。

『平気でうそをつく人たち』（M・スコット・ペック著）という本です。姑の亡くなる二年ほど前にこの本を知り、こういう人には慈悲深く接しなさいとあり、そのように努力した日々を思い出しました。またこの本には、こういう人たちを治癒させる方法を見出すべきであり、わたしのような者には治療が必要だとありました。矢野先生のカウンセリングはまさにその治療だったのです。

Tさんは夫に初めて会った時に「あなたの奥さんは癒されていない」と言ったそうです。私と一度もお会いしたことのないTさんがどうしてそんなことがわかったのかわかりませんが、Tさんも長い間、カウンセラーをされていた方でした。

二〇一八年に私の乳癌が見つかり、私はお祓いをしてお焚上げをしているという神社を探し当て、夫に知らせました。

誰からも「お義母さんはあの世からあなたに感謝しているわよ」と言われました。私がこだわっていたのは、義母から感謝されることではなく、私がどうしたら心の底から義母に感謝できるかでした。いつも稽古の前には「これから稽古をさせていただきます。ありがとうございます」と手をあわせてから始めていました。それでも自分に納得がいきませんでした。

『おもあい』のあとがきを書きながら、「道具全部を売って、娘にお金を渡して下さい」と書かれていなかったことに気付き、茶道をすることは許されていたのだと思うことができ、涙が止まりませんでした。姑と暮らすことがなければ、茶道にかかわることはなかったでしょう。そのことだけでもどれほど有難いことか。

『徳不孤』という題は実家の座敷に掛けてあった扁額のことばです。気にも留めませんでしたが、これは論語の「徳は孤ならず必ず隣あり」によるものです。私の生き方を暗示するようなことばであったと思います。

私を守って下さった多くの隣の人々に心から感謝申し上げます。『おもあい』を上梓して二週間くらいの頃、夫は「次が早く出せるように頑張ろうな」と言ってくれました。予期せぬ言葉に胸が熱くなりました。短歌と茶道に支えられ、家族やみなさんの応援があってここまで来ることができました。

この度の出版にあたりましては真野編集長をはじめ、現代短歌社の皆さまに大変お世話になりました。衷心より御礼申し上げます。

間村俊一先生にはすてきな装訂をしていただき、身に余る光栄でございます。

二〇二三年四月

中村ヨリ子

ポトナム叢書五三八篇
歌　集　徳不孤　とくはこならず
二〇二三年六月二十四日　第一刷発行
著　者　中村　ヨリ子
発行人　真野　少
発行所　現代短歌社
〒六〇四-八二一二
京都市中京区六角町三五七-四
三本木書院内
電話　〇七五-二五六-八八七二
装　訂　間村俊一
印　刷　亜細亜印刷
定　価　二七五〇円（税込）

ISBN978-4-86534-425-7 C0092 ¥2500E